LÉ 1850-1851

CANTIQUES

POUR LE TEMPS

DU JUBILÉ

ET POUR LES RETRAITES

PRÉCÉDÉS

*de Notions pratiques sur les Indulgences,
d'un Exercice pour la Confession,
d'un Abrégé des vérités que tout chrétien
doit savoir, et des Prières usuelles.*

Opuscule approuvé et spécialement recommandé
par Mgr DUPANLOUP, Evêque d'Orléans.

PROPRIÉTÉ DE L'ÉDITEUR.

PRIX : 20 CENTIMES

ORLÉANS
MERIE ALPHONSE GATINEAU
Libraire de l'Evêché.

CANTIQUES

POUR LE TEMPS

DU JUBILÉ

ET POUR LES RETRAITES

PRÉCÉDÉS

de Notions pratiques sur les Indulgences,
d'un Exercice pour la Confession,
d'un Abrégé des vérités que tout chrétien
doit savoir, et des Prières usuelles.

puscule rouvé et spécialement recommandé
par Mgr PANLOUP, Evêque d'Orléans

ropriété de l'Editeur.

PRIX : 20 CENTIMES

ORLÉANS

IMPRIMERIE ALPHONSE GATINEAU

Libraire de l'Evêché.

1851

APPROBATION.

Nous, Félix-Antoine-Philibert DUPANLOUP, par la miséricorde divine et la grâce du Siége Apostolique, Evêque d'Orléans;

Approuvons l'opuscule qui a pour titre : *Cantiques pour le temps du Jubilé et pour les Retraites, précédés de Notions pratiques sur les Indulgences, d'un Exercice pour la Confession, et d'un Abrégé des vérités que tout chrétien doit savoir,* sorti des presses de M. Alphonse Gatineau, Libraire de notre évêché, à Orléans. Nous le recommandons à nos diocésains, et nous exhortons MM. les Curés à le faire connaître et à le répandre le plus possible; leur ministère en deviendra plus facile et plus fructueux.

Donné à Orléans, sous le seing de notre Vicaire général, chargé de l'examen et de l'approbation des livres, et sous le contre-seing du Secrétaire général de notre évêché, le 1er décembre 1850.

P. GADUEL, Vicaire général,

Par Mandement,

RABOTIN, Chanoine honoraire, Secrétaire.

NOTIONS
SUR LES INDULGENCES et SUR LE JUBILÉ

Conseils pratiques

Lorsqu'un pécheur a fait une bonne confession, c'est-à-dire une confession sincère et entière ; lorsqu'il a reçu l'absolution avec les dispositions requises, c'est-à-dire avec une véritable douleur de ses fautes et le ferme propos de n'y plus retomber, ce pécheur a obtenu avec le pardon de ses péchés, s'ils étaient mortels, la rémission de la *peine éternelle ;* mais il demeure pour l'ordinaire redevable envers la justice de Dieu d'une *peine temporelle* qu'il devra subir dans cette vie ou dans l'autre. Or cette peine temporelle est encore un lien que la sainte Eglise a le droit de délier, suivant cette parole de Jésus-Christ : *Tout ce que vous lierez sur la terre sera lié dans le ciel ; et tout ce que vous délierez sur la terre sera délié dans le ciel ;* et c'est au moyen des *indulgences,* qui tirent toute leur valeur des mérites infinis de Notre-Seigneur Jésus-Christ et des satisfactions surabondantes de la sainte Vierge et des Saints, que l'Eglise vient au secours de ses enfants et qu'elle leur donne la facilité d'éteindre graduellement et complètement leur dette.

L'indulgence, en général, est donc une rémission de la peine temporelle due au péché. L'indulgence est *partielle* si la rémission ne porte que sur une partie de la peine, elle est *plénière* si elle porte sur la peine entière.

L'indulgence dite du *Jubilé* est une indulgence
plénière, accordée par le Pape, avec des priviléges
plus ou moins étendus, en faveur des fidèles qui se
disposent à la gagner. Pour gagner le Jubilé il faut
remplir exactement les conditions prescrites. A
cet effet, chaque fidèle doit écouter très-attentive-
ment la lecture que l'on fait en chaire des Lettres
Apostoliques et du mandement de l'Évêque, bien
saisir le sens et la portée des divers articles du dis-
positif, et au besoin demander à son confesseur
des éclaircissements.

Toujours notre saint Père le Pape impose comme
conditions la confession et la communion, et diver-
ses bonnes œuvres qu'il désigne ou qu'il laisse au
choix des Evêques, comme la visite d'une église,
l'assistance aux processions ou aux instructions,
une aumône, des jeûnes, etc. En pareille matière
il faut que chacun soit exactement renseigné, que
les conditions imposées soient littéralement rem-
plies, car ici la bonne foi ne supplée à rien.

Il est essentiel d'être en état de grâce quand
on accomplit la dernière des œuvres prescrites,
attendu que la rémission de la peine temporelle
ne peut être accordée à celui qui, étant en péché
mortel, mérite déjà la peine éternelle; et c'est
pour cette raison que presque toujours on termine
par la communion la série des œuvres exigées.

Enfin, pour entrer dans les intentions de la sainte
Eglise et pour correspondre efficacement aux divi-
nes miséricordes, les chrétiens sérieux, et tous
devraient l'être, s'appliqueront à la pratique de la
vertu de pénitence; ils supporteront avec résigna-
tion et même avec un généreux courage les peines
de la vie, et ils ne négligeront rien pour satisfaire
de plus en plus aux exigences redoutables de la
justice de Dieu. Pendant le Jubilé, ils assisteront

dans la semaine, aussi souvent qu'ils le pourront, au saint sacrifice de la Messe, ils méditeront avec de vifs sentiments de componction, de reconnaissance et d'amour, les principales circonstances de la Passion de Jésus-Christ; et pour réparer les offenses dont ils ont eu le malheur de se rendre coupables envers Dieu par le passé, ils s'efforceront de porter au bien, par leurs exemples et par leurs conseils, toutes les personnes auprès desquelles ils pourraient avoir quelque influence, particulièrement les pécheurs dont la conversion dans ces jours de salut est attendue et demandée avec instance par l'Eglise du ciel et par celle de la terre.

ABRÉGÉ DES VÉRITÉS
QUE TOUT CHRÉTIEN DOIT SAVOIR

I. Il n'y a qu'un Dieu, qui a fait de rien le ciel et la terre.

II. Il y a en Dieu trois personnes : le Père, le Fils et le Saint-Esprit ; chacune des trois est Dieu, mais il n'y a qu'un Dieu, parce qu'il n'y a qu'une seule nature divine.

III. La seconde de ces trois personnes, c'est-à-dire le Fils, a pris sur la terre, il y a environ mil huit cent cinquante ans, un corps et une âme comme les nôtres dans le sein de la bienheureuse Vierge Marie, et c'est Notre-Seigneur Jésus-Christ.

Jésus-Christ est éternel, comme Dieu ; et, comme homme, il est né la nuit de Noël, dans une pauvre étable ; il est mort sur une croix, pour expier nos péchés et pour nous mériter le Ciel ; il s'est ressuscité lui-même trois jours après sa mort, le jour de Pâques.

IV. Avant de monter au Ciel, le jour de l'Ascension, il a établi l'Eglise catholique, dont le Pape est le chef visible, à laquelle il a promis son assistance jusqu'à la fin du monde, et qu'il faut reconnaître pour Mère, si l'on veut avoir Dieu pour Père.

V. Jésus-Christ a établi dans l'Eglise sept Sacrements :

Le Baptême qui nous fait chrétiens, et qui efface le péché originel, commis par nos premiers parents, et dont nous sommes tous coupables en naissant.

La Pénitence qui remet les péchés commis après le Baptême, par la Confession, la Contrition et l'Absolution que donne le Prêtre en imposant une pénitence.

L'Eucharistie qui contient, sous les apparences du pain et du vin, le corps vivant de Notre-Seigneur Jésus-Christ, qui se consacre à la sainte Messe, et se reçoit à la sainte Communion.

La Confirmation qui donne le Saint-Esprit, troisième personne en Dieu, qui est descendu sur les douze apôtres, le jour de la Pentecôte, dix jours après l'Ascension de Notre-Seigneur Jésus-Christ.

L'Extrême-Onction que l'on donne aux malades.

L'Ordre qui consacre les prêtres.

Le Mariage qui seul rend légitime l'union des époux.

VI. Nous mourrons tous, et à notre mort nos corps iront dans la terre, et nos âmes paraîtront devant Dieu pour être jugées.

VII. A la fin du monde, nos âmes reviendront se réunir à nos corps, et Jésus-Christ paraîtra pour juger publiquement les hommes : tout sera mis à découvert, même les plus secrètes pensées ; alors les méchants iront au feu éternel, et les bons iront au ciel pour voir Dieu, l'aimer et le posséder dans d'ineffables délices, pendant toute l'éternité.

VIII. Nous ne pourrions pas pratiquer la vertu, accomplir nos devoirs de chrétien et aller au ciel sans la grâce, qui est un secours que Dieu accorde en vertu des mérites de Jésus-Christ, à ceux qui prient avec attention, qui assistent à la Messe avec foi et piété, et qui reçoivent bien les Sacrements.

IX. Dieu nous ordonne de l'adorer et de l'aimer, de croire et d'espérer en lui, de respecter le jour du dimanche, d'aimer nos semblables et d'honorer notre père et notre mère.

X. Dieu nous défend de jurer sans nécessité, de blasphémer, de faire du mal ou du tort au prochain dans sa personne, dans ses biens, ou dans sa réputation et d'en avoir la volonté. Il nous défend encore de mentir, de porter faux témoignage, de nous arrêter volontairement à des pensées et à des désirs déshonnêtes, et de faire des actions impures.

XI. L'Eglise nous ordonne d'entendre la Messe les dimanches et les fêtes d'obligation, de sanctifier les jours de fête d'obligation, de confesser nos péchés au moins une fois par an, de communier au moins à Pâques, et de jeûner à certains jours.

XII. L'Eglise nous défend de manger de la viande sans nécessité le vendredi et le samedi, la veille de certaines fêtes, et pendant le Carême à moins d'en avoir obtenu la permission.

XIII. Pour obtenir la grâce de la justification et recevoir le pardon de ses péchés, il faut *indispensablement* :

1° Avoir la foi, c'est-à-dire croire fermement toutes les vérités que Dieu a révélées à son Eglise, et spécialement qu'il n'y a qu'un Dieu, qu'il y a trois personnes en Dieu, que le fils de Dieu s'est fait homme et qu'il nous a rachetés par sa mort, que notre âme est immortelle, qu'il y a un paradis et un enfer.

2° Avoir l'espérance, c'est-à-dire attendre de Dieu, avec une confiance fondée sur les mérites infinis de Jésus-Christ, tout ce qui nous est nécessaire en ce monde pour vivre chrétiennement, et pour obtenir un jour le bonheur du ciel.

3° Avoir la charité, c'est-à-dire aimer Dieu par-dessus toutes choses, comme l'ensemble de toutes les perfections, l'auteur du salut, l'objet et la cause du bonheur des Saints dans l'éternité; en outre, aimer son prochain comme soi-même.

4° Avoir la douleur de ses fautes, c'est-à-dire une douleur qui réside dans le cœur, une douleur qui tombe au moins sur tous les péchés graves, une douleur qui l'emporte véritablement et au fond de l'âme, non pas toujours extérieurement, sur la peine qu'on éprouve dans la perte des biens de ce monde; une douleur enfin qui, venant de Dieu, repose, non sur des motifs humains, mais sur des motifs dictés par la foi, et qui soit accompaguée du ferme propos de ne plus pécher.

Il est évident que ces quatre dispositions essentielles sont complétées et perfectionnées, comme elles doivent l'être, par la vertu du Sacrement qui réconcilie le pécheur avec Dieu.

EXERCICE POUR LA CONFESSION

Prière avant l'examen.

Mon Dieu, qui êtes riche en miséricordes, et qui nous avez promis de nous pardonner nos péchés toutes les fois que nous viendrons en faire l'aveu à votre ministre, avec un regret sincère de les avoir commis et un ferme propos de nous en corriger, me voici en votre présence pour sonder mon cœur dans ses replis les plus cachés.

Esprit-Saint, source de lumières, ayez pitié d'un coupable qui ne pourrait sans vous ni connaître ses fautes, ni les détester; ne permettez pas que mon amour-propre me séduise et m'aveugle en me cachant à moi-même ma malice et mes iniquités. Esprit de vérité, faites que mon examen soit si exact, ma confession si sincère, ma contrition si profonde et mes résolutions si généreuses, que je puisse obtenir aujourd'hui ma parfaite réconciliation.

Vierge sainte, qui êtes le refuge des pécheurs, montrez que vous êtes encore ma mère: obtenez-moi grâce et miséricorde. Ainsi soit-il.

EXAMEN DE CONSCIENCE.

Le meilleur examen est celui que l'on fait soi-même en scrutant devant Dieu son propre cœur. Nous ne mettons celui-ci que pour aider la mémoire, et mettre sur la voie des détails.

Sur la Confession et la Communion précédentes.

Ai-je oublié, retenu ou déguisé quelque chose dans ma dernière confession? quoi, et par quel motif?

Me suis-je confessé sans regret d'avoir péché, sans résolution de ne plus pécher à l'avenir?

Ai-je négligé de me préparer à la communion avec le recueillement et la dévotion convenables?

Ai-je sanctifié le jour de ma communion?

Ai-je manqué à ma pénitence, l'ai-je différée par négligence ou m'en suis-je mal acquitté?

Suis-je retombé dans les mêmes péchés, parce que je n'ai fait aucun effort pour m'en corriger?

SUR LE PREMIER COMMANDEMENT DE DIEU.

Contre la Foi.

Ai-je nié quelque article de foi? en ai-je douté volontairement?

Ai-je négligé d'apprendre l'Oraison Dominicale, la Salutation Angélique, le Symbole des Apôtres, les Commandements de Dieu et de l'Eglise?

Ai-je manqué d'assister aux instructions?

Ai-je exposé ma foi en voulant approfondir les mystères de la Religion, en fréquentant des impies, des hérétiques, en écoutant leurs discours, en disputant avec eux, en assistant à leurs réunions, en lisant leurs livres sans y être autorisé?

Contre l'Espérance.

Ai-je désespéré de mon salut, négligé de faire pénitence, ou différé ma conversion en présumant trop de la miséricorde de Dieu ou de mes propres forces?

Ai-je manqué de confiance et de soumission à la Providence, principalement dans la maladie, dans la pauvreté ou dans les autres afflictions?

Ai-je trop compté sur moi-même et sur ma propre industrie pour le succès de mes entreprises et de mon travail, soit pour le spirituel, soit pour le temporel?

Ai-je négligé de remercier Dieu des biens spirituels ou temporels que j'ai reçus de lui ?

Contre la Charité.

Ai-je eu des sentiments de haine, de dégoût, de mépris contre Dieu, ou contre ce qui regarde le service de Dieu ?

Ai-je accompli avec chagrin, avec tiédeur, avec paresse, avec négligence mes devoirs religieux ?

Ai-je préféré ma santé, mes plaisirs, mes biens, mes amis ou quelque chose que ce soit à l'amour de Dieu ?

Ai-je manqué de rapporter mes actions à Dieu ?

Ai-je omis mes prières le matin ou le soir, avant ou après les repas ? Comment les ai-je faites ?

Ai-je rempli mes devoirs religieux par hypocrisie ? Les ai-je omis par respect humain ?

Ai-je négligé de m'instruire de ce qui regarde les Sacrements que j'ai déjà reçus ou que je dois recevoir ? En ai-je reçu quelqu'un en mauvais état de conscience, ou sans recueillement et sans modestie ?

Ai-je écouté avec plaisir les railleries sur la Religion, ses ministres, ses cérémonies, etc., etc. ? Y ai-je applaudi ? Ai-je négligé de les faire cesser, le pouvant ? En ai-je fait moi-même, et par là n'ai-je pas exposé ma foi et celle des autres ?

Ai-je tourné en ridicule la dévotion, ou les personnes qui en font profession ?

Me suis-je mal tenu à l'église ? me suis-je permis d'y parler sans nécessité ?

Ai-je ajouté foi aux songes, consulté les devins et ceux qui prétendent guérir par des moyens défendus ?

Ai-je fait dire ma bonne aventure ?

Ai-je cru qu'il y avait des jours heureux ou malheureux ?

Ai-je mis ma confiance dans certaines pratiques superstitieuses?

SUR LE DEUXIÈME COMMANDEMENT.

Ai-je juré sans nécessité contre la vérité, pour assurer des choses fausses ou de peu d'importance?

Ai-je proféré quelque parole injurieuse à Dieu, à la Religion, aux Sacrements ou aux Saints?

Ai-je juré avec imprécations, me souhaitant, ou à d'autres, la damnation ou la mort?

Ai-je été infidèle à mes serments? En ai-je fait que je ne voulais pas ou que je savais bien ne pas pouvoir accomplir? En ai-je accompli quelqu'un que je n'aurais pas dû faire?

Ai-je fait imprudemment quelque vœu, différé ou omis de l'accomplir par ma faute?

Ai-je péché par curiosité, divulgué les secrets que l'on m'avait confiés?

SUR LE TROISIÈME COMMANDEMENT.

Ai-je entendu la sainte Messe toute entière avec attention les jours de dimanches et les fêtes commandées?

Ai-je ces jours-là travaillé ou fait travailler, vendu ou acheté sans nécessité?

Ai-je manqué de faire observer ces saints jours à mes enfants, à mes domestiques?

Ne me suis-je pas livré à des divertissements coupables ou incompatibles avec le service de Dieu?

SUR LE QUATRIÈME COMMANDEMENT.
Devoirs des Enfants, des Domestiques et autres Inférieurs.

Ai-je eu pour mes parents, pour mes maîtres ou pour mes autres supérieurs, des sentiments de haine ou de mépris? — Les ai-je diffamés, injuriés, menacés? — Ai-je osé lever la main sur eux; les frapper? — N'ai-je pas manqué au respect et à la déférence que je leur dois? — Leur ai-je toujours obéi promptement et sans murmurer, lorsqu'ils me commandaient des choses justes? — Les ai-je fait mettre en colère par ma faute? — Les ai-je assistés dans leurs besoins corporels et spirituels? — Ai-je pris les moyens nécessaires pour leur faire recevoir les derniers Sacrements? — Ai-je exécuté leurs dernières volontés?

Ne suis-je pas entré, ne demeuré-je pas encore dans une maison ou je ne puis faire mon salut? — Ai-je servi mes maîtres avec fidélité? — Ai-je détourné à mon profit de l'argent ou autre chose?

Ai-je causé quelque tort à mes maîtres par ma paresse et ma négligence? — Les ai-je avertis du tort que d'autres leur faisaient ou se disposaient à leur faire? — Ai-je, sans leur permission, donné ou prêté quelque chose qui leur appartînt? — Leur ai-je désobéi ou répondu avec insolence? — Leur ai-je obéi contre ma conscience? — Ai-je dit d'eux du mal vrai ou faux? — Ai-je manqué de soin, de vigilance à l'égard de leurs enfants? Ne les ai-je pas portés au péché, par mes exemples, par mes conseils? N'auraient-ils pas appris le mal dans mes conversations?

Devoirs des Pères et Mères et des autres Supérieurs.

Ai-je compromis par quelqu'imprudence la vie de mes enfants avant ou après leur naissance, ou exposé leur salut en différant de les faire baptiser? — Ai-je pourvu à leur nourriture et à leur honnête entretien? — Leur ai-je appris ou fait apprendre leurs prières, dès qu'ils en ont été capables? — Ai-je eu soin de les leur faire réciter le matin et le soir? De les envoyer aux offices de la paroisse, aux instructions, au catéchisme? — Les ai-je confiés à des personnes de mœurs suspectes ou sans religion ? — Ne leur ai-je pas commandé des choses déraisonnables ou contraires à la loi de Dieu, aux préceptes de l'Église ? — Ne leur ai-je pas donné de mauvais exemples ? — Ai-je veillé sur leur conduite ? — Les ai-je repris de leurs défauts, ne l'ai-je pas fait avec humeur ? — Les ai-je châtiés sans discrétion ou même sans sujet ? — Ai-je eu des préférences pour quelqu'un d'entre eux ? — Les ai-je laissés libres sur le choix d'un état ?

Ai-je eu du mépris pour mes inférieurs, leur ai-je commandé avec hauteur ? — Ai-je exigé de mes domestiques un travail au-dessus de leurs forces ou au-delà de ce qu'ils me devaient ? — Ai-je payé exactement les gages de mes serviteurs, le salaire des ouvriers que j'ai employés ? — Ai-je donné aux personnes qui sont à mon service le temps et les moyens de remplir leurs devoirs de religion ?

Devoirs des Epoux.

Ai-je manqué à la fidélité, à l'amour, à la déférence et autres devoirs qu'impose l'état du mariage ? — Ai-je eu de la jalousie ? — En suis-je venu aux reproches, au mépris, à la haine ?

Le mari doit examiner s'il a commandé avec dureté et hauteur, s'il a exigé des choses contraires à la loi de Dieu, et l'épouse si elle a pratiqué l'obéissance et la soumission; tous deux, s'ils ont manqué de charité et de condescendance pour supporter leurs défauts, pour s'entr'aider dans leurs infirmités et dans leurs besoins.

(Que les époux se rappellent ici cette parole de saint Paul: « *Que le mariage soit saint et honorable en toutes choses,* » et qu'ils examinent sérieusement ce qui pourrait les rendre coupables devant Dieu.)

SUR LE CINQUIÈME COMMANDEMENT.

Ai-je attenté à ma vie ? — L'ai-je imprudemment exposée ? — Ai-je compromis ma santé par des excès quelconques? — Ai-je donné, procuré ou souhaité la mort à autrui? — Me la suis-je souhaitée à moi-même ? — Ai-je frappé ou blessé le prochain? — Ai-je eu la volonté de lui faire du mal? — Ai-je eu contre lui des sentiments de haine et de mépris, des désirs de vengeance? — Les conservé-je encore? — Me suis-je vengé? — En ai-je cherché les occasions et pris les moyens? — Ai-je refusé de pardonner à mes ennemis, ou en général à tous ceux dont j'ai cru avoir à me plaindre? — Ai-je refusé de me reconcilier avec eux, de les voir, de les saluer, de leur parler, et de leur rendre service? — Me suis-je emporté contre le prochain jusqu'à lui dire des injures, à lui faire des outrages? — L'ai-je tourné en ridicule et raillié sur ses défauts naturels, surtout en présence des autres? — Lui ai-je reproché son incapacité, etc. ? — Ai-je excité ou entretenu des divisions par des rapports vrais ou faux? — Ai-je repris le prochain avec aigreur, sans prudence? — Ai-je manqué de le reprendre lorsque je pouvais le faire utilement, surtout si j'y étais obligé? — L'ai-je flatté dans ses passions ou loué du mal qu'il avait fait? — Lui ai-je quelquefois donné de mauvais conseils? — L'ai-je aidé à faire quelque mal? — Lui ai-je causé quelque tort spirituel en lui apprenant le mal par mes discours ou par mes exemples, en lui inspirant l'amour du plaisir ou des goûts de dépense? — L'ai-je scandalisé? (Le scandale est plus grand quand il est donné par un père, par une mère, par un maître, par une maîtresse, et généralement par un supérieur quelconque.)

SUR LES SIXIÈME ET NEUVIÈME COMMANDEMENTS.

Me suis-je arrêté volontairement à des pensées déshonnêtes? — Ai-je lu, prêté, gardé des romans ou autres livres dangereux? — Ai-je écouté, chanté, appris aux autres de mauvaises chansons?

Ai-je regardé, exposé chez moi des statues ou des tableaux indécents? — Ai-je pris part à des conversations, à des jeux, à des danses où il y avait du danger pour les mœurs? — Ai-je fait des questions ou des confidences que la pudeur devait m'interdire? — Ai-je blessé cette vertu dans la manière de me vêtir? — Ne me suis-je pas excusé sur la mode, comme si Dieu recevait de semblables excuses? — Ai-je eu des familiarités avec des personnes d'un sexe différent? — Ai-je pris ou souffert des libertés criminelles? — Ai-je quelque habitude honteuse? — Ai-je exposé ma vertu en fréquentant des personnes de mœurs mauvaises ou douteuses, en allant au bal, à la comédie, etc., en prenant les habits d'un autre sexe, en me masquant?

SUR LES SEPTIÈME ET DIXIÈME COMMANDEMENTS.

Ai-je pris le bien d'autrui par force ou par adresse? (Il n'est pas plus permis de voler ses parents que toute autre personne.) — Me suis-je servi de moyens illicites pour augmenter ma fortune, vendant à des prix trop élevés, trompant sur la quantité ou la qualité des marchandises, prêtant à usure, etc.?

Ai-je fait ce que je devais pour découvrir le maître des choses que j'ai trouvées? — Ai-je retenu ce que j'ai découvert appartenir à d'autres? — Ai-je refusé de rendre ce que j'ai emprunté ou reçu en dépôt? — Ai-je réparé le tort ou le dommage que j'ai causé au prochain de quelque manière que ce soit? — Me suis-je exposé à manquer à mes engagements en faisant de trop grandes dépenses, en me livrant au jeu, etc.? — Ai-je désiré le bien d'autrui à son préjûdice? — Ai-je négligé de faire l'aumône, l'ai-je faite selon mes facultés?

SUR LE HUITIÈME COMMANDEMENT.

Ai-je déposé en justice contre la vérité? — L'ai-je dite toute entière? — Ai-je produit de faux témoins, soustrait ou altéré des titres, fait quelque faux? — Ai-je menti pour plaisanter, pour m'excuser ou pour excuser les autres, ou pour nuire au prochain? — L'ai-je, sans fondement raisonnable, jugé ou soupçonné coupable de quelque mal? — Ai-je médit de lui? — Lui ai-je prêté de mauvaises intentions? — Ai-je écouté la médisance avec plaisir? — L'ai-je provoqué? — Ai-je manqué d'imposer silence aux médisants lorsque je le pouvais? — Ai-je composé et chanté des chansons contre l'honneur du prochain?

SUR LES COMMANDEMENTS DE L'ÉGLISE.

Pour les premier et deuxième commandements, voyez le troisième commandement de Dieu.

SUR LES TROISIÈME ET QUATRIÈME COMMANDEMENTS.

Ai-je manqué de remplir chaque année le précepte de la confession et de la communion pascale?

SUR LES CINQUIÈME ET SIXIÈME COMMANDEMENTS.

Ai-je manqué sans raison et sans dispense légitime d'observer les jeûnes prescrits par l'Église, depuis que j'ai vingt-et-un ans accomplis? Ai-je mangé de la viande le vendredi et le samedi, le carême et les autres jours défendus, sans nécessité et sans permission ? — Ai-je été cause que d'autres en ont mangé ?

SUR LES PÉCHÉS CAPITAUX.

Sur l'Orgueil. Ai-je eu une vaine estime de moi-même ? — Ai-je parlé ou agi en vue de m'attirer des éloges ? — Me suis-je glorifié de mes talents, de mes vertus, de ma naissance, de ma beauté ? — Me suis-je attribué des qualités que je n'avais pas ? — Me suis-je affligé quand mes défauts ont été connus ? — N'ai-je pas soutenu mon sentiment avec trop de chaleur, lors même que je savais avoir tort ? — N'ai-je pas mal accueilli les avis qu'on m'a donnés, les remontrances qu'on m'a faites ?— Ne me suis-je pas laissé aller au dépit, lorsque j'ai été humilié ? — N'ai-je pas affecté des manières hautaines et dédaigneuses ? — N'ai-je pas rougi de mes parents, de mes amis ?

Sur l'Avarice. N'ai-je pas eu un amour désordonné de l'argent ? — N'ai-je pas mis trop d'empressement à acquérir des richesses ? — Ne me suis-je pas trop affligé quand j'ai éprouvé quelque perte ? — Ne me suis-je pas refusé le nécessaire ou ne l'ai-je pas refusé à mes enfants, à mes domestiques ? — Ne suis-je pas prodigue de mon bien ?— Ne le dépensé-je pas sans mesure et sans discernement? — N'ai-je pas manqué d'ordre et d'une sage économie dans mes affaires?

Sur l'Envie. Me suis-je affligé de la prospérité de mon prochain, ou réjoui de ce qui lui est arrivé de fâcheux ? — N'ai-je pas nié ses talents, ses vertus, ses bonnes qualités, ou diminué la bonne opinion qu'on avait de lui ?

Sur la Gourmandise. Ai-je bu ou mangé pour le seul plaisir ? — Ai-je mis de la recherche dans mes

repas ? — Me suis-je enivré ? — Ai-je fait quelque
excès de table ? — Ai-je dérobé quelque chose pour
manger en cachette ? — Ai-je mangé entre mes
repas par sensualité ?

Sur la Colère. Me suis-je mis en colère ? — Dans
cet état, ai-je renversé, brisé ce qui était sous ma
main ? — Ai-je fait des menaces, cherché querelle ?
— Ai-je fait supporter aux autres ma mauvaise
humeur ? — Ai-je manqué de patience pour supporter les infirmités, les défauts, la grossièreté du
prochain ?

Sur la Paresse. Ai-je vécu dans l'oisiveté ? — Ai-
je donné trop de temps au jeu, à la table, au som-
meil ? — L'ai-je perdu en promenades, divertissements ou visites inutiles ? — L'ai-je fait perdre
aux autres ? — Les ai-je détournés de leur travail,
de leurs affaires ? — Ai-je négligé mon salut, ne
prenant aucun moyen ou ne faisant que de faibles
efforts pour sortir de la tiédeur ou du péché
mortel ?

Prière après l'examen pour demander la contrition.

Mon Dieu, je vous remercie de m'avoir fait connaître mes péchés, j'irai donc maintenant avec un
cœur plein de sincérité et de droiture les confesser
à votre ministre; c'est un père que vous m'avez
donné, j'aurai en lui la même confiance que j'aurais
en vous; je sais d'ailleurs qu'il tient votre place et
que lui découvrir mes fautes, c'est les découvrir à
vous-même. Non, je ne lui cacherai rien. Fortifiez-
moi par votre grâce dans ces saintes dispositions;
chassez loin de moi ce démon muet qui voudrait
me fermer la bouche; faites que je surmonte avec
courage toutes mes répugnances dans la déclaration
de ceux de mes péchés qui me causent plus de con-
fusion. Mais de quoi me servirait, ô mon Dieu, de

connaître tous mes péchés, de les confesser avec
franchise, si je ne les détestais de tout mon cœur,
si je n'étais bien résolu de faire mes efforts pour
n'y plus retomber? De quoi me servirait la confession sans la contrition? Et cependant je ne le sais,
je ne le sens que trop, ô mon Dieu, si de moi-
même, j'ai pu m'égarer, de moi-même je ne puis
revenir à vous; si j'ai pu vous offenser, je ne puis
trouver dans mon propre fond, ni me donner à
moi-même cette douleur vive et sincère qui mérite
le pardon de mes offenses. Mais cette disposition si
nécessaire, que mes efforts seuls ne produiront jamais
en moi, je puis l'obtenir de vous, ô mon Dieu! Daignez donc la faire naître et l'établir solidement dans
mon cœur, vous dont la miséricorde est infinie; con-
vertissez-moi, et je serai converti. Otez-moi ce cœur si
longtemps dur et insensible; donnez-moi ce cœur
contrit et humilié que vous avez promis de ne re-
pousser jamais. Non, mon Dieu, vous ne me refuserez
pas une grâce à laquelle mon salut est attaché; je vous
la demande par les mérites infinis de Jésus-Christ
notre Seigneur, qui a versé jusqu'à la dernière
goutte de son sang pour laver nos péchés, et qui
ne cesse d'intercéder auprès de vous en notre faveur. Je vous la demande par l'intercession de la
très-sainte Vierge, de mes saints Patrons et de tous
les Saints du ciel.

PRIÈRE APRÈS LA CONFESSION.

Me voilà donc réconcilié avec vous, ô mon Dieu,
vous m'avez rendu vos bonnes grâces, votre
amitié! vous ne vous êtes plus souvenu que de vos
miséricordes, et vous avez oublié toutes mes offenses; puissé-je effacer du nombre de mes jours
ces jours malheureux que j'ai passés dans l'esclavage du péché! Ah! si après m'être égaré comme

l'enfant prodigue, comme lui j'ai retrouvé un père toujours tendre et plein d'indulgence, comme lui aussi, rentré dans la maison paternelle, je ne veux plus m'en éloigner; rendu à la tendresse de mon Père céleste, je ne veux plus m'exposer à la perdre, mais travailler à m'en rendre de jour en jour plus digne. Rétabli dans ma dignité d'enfant bien-aimé, je ne craindrai rien tant que de la déshonorer de nouveau par le péché ; puisque malgré mon indignité et par votre infinie miséricorde, ô mon Dieu, il m'est donné de prétendre encore à l'héritage céleste, je ferai tous mes efforts pour m'en assurer la jouissance. Je n'ai plus d'autre désir que d'être à vous jusqu'à mon dernier soupir, pour vous posséder pendant toute l'éternité. Ainsi soit-il.

PRIÈRES USUELLES

ORAISON DOMINICALE.

Notre Père, qui êtes aux cieux; que votre nom soit sanctifié; que votre règne arrive; que votre volonté soit faite sur la terre comme au ciel: donnez-nous aujourd'hui notre pain de chaque jour; pardonnez-nous nos offenses, comme nous pardonnons à ceux qui nous ont offensé; ne nous laissez pas succomber à la tentation; mais délivrez-nous du mal. Ainsi soit-il.

SALUTATION ANGÉLIQUE.

Je vous salue, Marie, pleine de grâce, le Seigneur est avec vous; vous êtes bénie entre toutes les femmes, et Jésus le fruit de vos entrailles est béni. Sainte Marie, mère de Dieu, priez pour nous qui sommes pécheurs, maintenant et à l'heure de notre mort. Ainsi soit-il.

SYMBOLE DES APOTRES.

Je crois en Dieu, le Père tout-puissant, créateur du ciel et de la terre, et en Jésus-Christ son Fils unique notre Seigneur, qui a été conçu du Saint-Esprit, est né de la Vierge Marie, a souffert sous Ponce-Pilate, a été crucifié, est mort, et a été enseveli; est descendu aux enfers; le troisième jour est ressuscité des morts, est monté aux cieux, est assis à la droite de Dieu le Père tout-puissant, d'où il viendra juger les vivants et les morts.

Je crois au Saint-Esprit, la sainte Eglise Catholique, la communion des Saints, la rémission des péchés, la résurrection de la chair, la vie éternelle. Ainsi soit-il.

CONFESSION DES PÉCHÉS.

Je me confesse à Dieu tout-puissant, à la bienheureuse Marie toujours Vierge, à saint Michel archange, à saint Jean-Baptiste, aux apôtres saint Pierre et saint Paul, et à tous les Saints, parce que j'ai beaucoup péché par pensées, par paroles et par actions; c'est ma faute, c'est ma faute, c'est ma très-grande faute : c'est pourquoi je supplie la bienheureuse Marie toujours Vierge, saint Michel archange, saint Jean-Baptiste, les apôtres saint Pierre et saint Paul, et tous les Saints, de prier pour moi le Seigneur notre Dieu.

Que le Dieu tout-puissant nous fasse miséricorde, qu'il nous pardonne nos péchés, et nous conduise à la vie éternelle.
Ainsi soit-il.

Que le Seigneur tout-puissant et miséricordieux nous accorde le pardon, l'absolution et la rémission de nos péchés.
Ainsi soit-il.

COMMANDEMENTS DE DIEU.

1. Un seul Dieu tu adoreras,
   Et aimeras parfaitement.
2. Dieu en vain tu ne jureras,
   Ni autre chose pareillement.
3. Les Dimanches tu garderas,
   En servant Dieu dévotement.
4. Tes Père et Mère honoreras,
   Afin de vivre longuement.
5. Homicide point ne seras,
   De fait ni volontairement.
6. Impudique point ne seras,
   De corps ni de consentement.

7. Le bien d'autrui tu ne prendras,
   Ni retiendras à ton escient.
8. Faux témoignage ne diras,
   Ni mentiras aucunement.
9. La femme ne convoiteras,
   De ton prochain charnellement.
10. Biens d'autrui ne désireras,
   Pour les avoir injustement.

COMMANDEMENTS DE L'ÉGLISE.

1. Les Dimanches Messe ouïras,
   Et les Fêtes pareillement,
2. Les Fêtes tu sanctifieras,
   Qui te sont de commandement.
3. Tous tes péchés confesseras,
   A tout le moins une fois l'an.
4. Ton Créateur tu recevras,
   Au moins à Pâques humblement.
5. Quatre-Temps, Vigiles, jeûneras,
   Et le Carême entièrement.
6. Vendredi chair ne mangeras,
   Ni le samedi mêmement.

ACTE DE FOI.

Mon Dieu, je crois fermement tout ce que vous avez révélé, et tout ce que l'Eglise nous propose de croire : je le crois, mon Dieu, parce que vous êtes la vérité même, et que vous ne pouvez ni vous tromper, ni nous tromper.

ACTE D'ESPÉRANCE.

Mon Dieu, j'espère que vous me ferez la grâce, par les mérites de Jésus-Christ, votre fils, de vous servir fidèlement sur la terre, et de vous posséder éternellement dans le ciel.

2

ACTE DE CHARITÉ

Mon Dieu, je vous aime de tout mon cœur et par dessus toutes choses, parce que vous êtes infiniment bon et infiniment aimable; j'aime aussi mon prochain comme moi-même pour l'amour de vous.

ACTE DE CONTRITION

Mon Dieu, j'ai un grand regret de vous avoir offensé; je déteste souverainement le péché, parce que vous êtes infiniment bon et infiniment aimable; je fais une ferme résolution, moyennant votre sainte grâce, de plutôt mourir que de vous offenser.

PRIÈRE A LA SAINTE VIERGE
(connue sous le nom de *Memorare*).

Souvenez-vous, ô très-pieuse Vierge Marie! qu'on n'a jamais ouï dire qu'aucun de ceux qui ont eu recours à votre protection, imploré votre secours et demandé vos suffrages, ait été abandonné. Animé d'une pareille confiance, ô Vierge des vierges! je recours à vous; et gémissant sous le poids de mes péchés, je me prosterne à vos pieds. O Mère du Verbe! ne méprisez pas mes prières, mais écoutez-les favorablement et daignez les exaucer.

PRIÈRE A L'ANGE GARDIEN.

Ange de Dieu, mon fidèle gardien, vous, aux soins duquel j'ai été confié par la divine bonté, daignez, durant cette nuit, m'éclairer, me garder, me conduire et me gouverner.

CANTIQUES

N° 1.

O Saint-Esprit, donnez-nous vos lumières,
Venez en nous pour nous embraser tous,
Pour nous régler et former nos prières :
Nous ne pouvons (*bis*) faire aucun bien sans vous (*bis*).

Priez pour nous, sainte Vierge Marie,
Obtenez-nous grâce auprès du Sauveur,
Pour écouter ces paroles de vie,
Et les garder (*bis*) comme vous dans nos cœurs (*bis*).

N° 2.

Esprit-Saint, descendez en nous ;
Embrasez notre cœur de vos feux les plus doux.
Sans vous notre vaine prudence
Ne peut, hélas ! que s'égarer.
Ah ! dissipez notre ignorance,   *bis*.
Esprit d'intelligence,
Venez nous éclairer.
Esprit-Saint, etc.

Le noir enfer pour nous livrer la guerre,
Se réunit au monde séducteur ;
Tout est pour nous embuche sur la terre,
Soyez, soyez notre libérateur.   *bis*.
Esprit-Saint, etc.

Enseignez-nous la divine sagesse,
Seule elle peut nous conduire au bonheur;
Dans ses sentiers qu'heureuse est la jeunesse!
    Qu'heureuse est la vieillesse !   *bis.*
    Esprit-Saint descendez en nous; *bis.*
Embrasez notre cœur de vos feux les plus doux.

N.º 3.

Mon doux Jésus, enfin voici le temps
De pardonner à nos cœurs pénitents ;
    Nous n'offenserons jamais plus
      Votre bonté suprême,
      O doux Jésus !   *bis.*

Puisqu'un pécheur vous a coûté si cher,
Faites-lui grâce ; il ne veut plus pécher.
    Ah ! ne perdez pas cette fois,
      La conquête admirable
      De votre croix.   *bis.*

Enfin, mon Dieu, nous sommes à genoux
Pour vous prier de pardonner à tous ;
    Pardonnez-nous, ô Dieu clément!
      Lavez-nous de nos crimes
      Dans votre sang.   *bis.*

N.º 4.

    O Roi des cieux !
Vous nous rendez tous heureux,

Vous comblez tous nos vœux,
En résidant pour nous dans ces lieux.
Prodige d'amour,
Dans ce séjour
Vous vous immolez pour nous chaque jour;
A l'homme mortel
Vous offrez un aliment éternel.
O Roi des cieux! etc.

Seigneur, vos enfants
Reconnaissants
Vous offrent les plus tendres sentiments;
Leurs cœurs, sans retour
Veulent brûler du feu de votre amour.
O Roi des cieux! etc.

Chantons tous en chœur,
Gloire et honneur
A Jésus notre aimable Rédempteur!
Chantons à jamais
De son amour les éternels bienfaits.
O Roi des cieux! etc.

N° 5.

Que cette voûte retentisse
Des vœux et des chants des mortels,
Que tout ici s'anéantisse,
Jésus paraît sur nos autels.
} *bis.*

Quoique caché dans ce mystère
Sous les apparences du pain,

C'est notre Dieu, c'est notre père, ⎫ *bis.*
C'est le sauveur du genre humain. ⎭

O divin époux de nos âmes,
Dans votre auguste sacrement,
Embrasez-nous tous de vos flammes ⎫ *bis.*
En vous faisant notre aliment. ⎭

N° 6

Dans ce profond mystère
Où la foi sait te voir,
Tout en nous te révère,
Et fixe notre espoir ;
A la fin de la vie,
Dieu de l'Eucharistie,
Nourris par toi du pain de ton amour,
Dans la cité chérie
Nous te verrons un jour.

Sur nous daigne répandre
Tes bénédictions,
Et fais-nous bien comprendre
La grandeur de tes dons.
A la fin de la vie, etc.

N° 7.

Bénissons à jamais
Le Seigneur dans ses bienfaits.
Bénissez-le, saints anges,

Louez sa majesté,
Rendez à sa bonté
Mille et mille louanges.
Bénissons, etc.

O que c'est un bon père !
Qu'il a grand soin de nous ;
Il nous supporte tous,
Malgré notre misère.
Bénissons, etc.

Comme un pasteur fidèle,
Sans craindre le travail,
Il ramène au bercail
Une brebis rebelle.
Bénissons, etc.

Il a brisé ma chaîne
Comme un puissant vainqueur,
Et comme un doux Sauveur,
Il m'a mis hors de peine.
Bénissons, etc.

Il a guéri mon âme
Comme un bon médecin ;
Comme un maître divin,
Il m'éclaire et m'enflamme.
Bénissons, etc.

Il me comble à toute heure
De grâce et de faveur ;
Dans le fond de mon cœur

Il a pris sa demeure.
Bénissons, etc.

Que tout loue en ma place
Un Dieu si plein d'amour,
Qui me fait chaque jour
Une nouvelle grâce.
Bénissons, etc.

Sa bonté me supporte,
Sa lumière m'instruit,
Sa beauté me ravit,
Son amour me transporte.
Bénissons, etc.

Oui, sa douceur m'enchaîne,
Sa grâce me guérit,
Sa force m'affermit,
Sa charité m'entraîne.
Bénissons, etc.

Dieu seul est ma tendresse,
Dieu seul est mon soutien,
Dieu seul est tout mon bien,
Ma vie et ma richesse.
Bénissons, etc.

N° 8.

Tout n'est que vanité,
Mensonge, fragilité,
Dans tous ces objets divers,

Qu'offre à nos regards l'univers,
Tous ces brillants dehors;
Cette pompe,
Ces biens, ces trésors,
Tout nous trompe,
Tout nous éblouit;
Mais tout nous échappe et nous fuit.

Telles qu'on voit les fleurs
Avec leurs vives couleurs,
Eclore, s'épanouir,
Se faner, tomber et périr;
Tel est de vains attraits
Le partage,
Tel l'éclat, les traits
Du bel âge,
Après quelques jours,
Perdent leur beauté pour toujours.

En vain, pour être heureux,
Le jeune voluptueux
Se plonge dans les douceurs
Qu'offrent les mondains séducteurs.
Plus il suit les plaisirs
Qui l'enchantent,
Et moins ses désirs
Se contentent ;
Le bonheur le fuit
A mesure qu'il le poursuit.

Que doivent devenir,
Pour l'homme qui doit mourir

Ces biens longtemps amassés,
Cet argent, cet or entassés?
   Fût-il du genre humain
     Seul le maître,
   Pour lui tout enfin
     Cesse d'être;
    Au jour de son deuil,
Il n'a plus à lui qu'un cercueil.

   Que sont tous ces honneurs,
Ces titres, ces noms flatteurs?
Où vont de l'ambitieux
Les projets, les soins et les vœux?
   Vaine ombre, pur néant,
     Vil atôme,
   Mensonge amusant,
     Vrai fantôme
   Qui s'évanouit
Après l'avoir toujours séduit.

   Tel qui voit aujourd'hui
  Ramper au-dessous de lui,
  Un peuple d'adorateurs
Qui brigue à l'envie ses faveurs;
   Tel devenu demain
     La victime
   D'un revers soudain
     Qui l'opprime,
   Nouveau malheureux
Est esclave et rampe comme eux.

   J'ai vu l'impie heureux,
  Porter son air fastueux

Et son front audacieux
Au-dessus du cèdre orgueilleux
  Au loin toutréyérait
    Sa puissance
  Et tout adorait
    Sa présence.
  Je passe , et soudain
Il n'est plus. Je le cherche en vain.

  Que sont donc devenus,
Ces grands, ces guerriers connus,
Ces hommes dont les exploits
Ont soumis la terre à leurs lois ?
  Les traits éblouissants
    De leur gloire,
  Leurs noms florissants,
    Leur mémoire,
  Avec les héros,
Sont entrés au sein des tombeaux.

  Au savant orgueilleux
Que sert un génie heureux,
Un nom devenu fameux
Par mille travaux glorieux ?
  Non, les plus beaux talents,
    L'éloquence,
  Les succès brillants,
    La science,
  Ne servent de rien
A qui ne sait vivre en chrétien.

  Arbitre des humains,
Dieu seul tient entre ses mains

Les événements divers
Et le sort de l'univers ;
Seul il n'a qu'à parler,
Et la foudre
Va frapper, briser,
Mettre en poudre
Les plus grands héros,
Comme les plus vils vermisseaux.

La mort, dans son courroux,
Dispense à son gré ses coups,
N'épargne ni le haut rang,
Ni l'éclat auguste du sang.
Tout doit un jour mourir,
Tout succombe,
Tout doit s'engloutir
Dans la tombe ;
Les sujets, les rois,
Iront s'y confondre à la fois.

Oui, la mort à son choix
Soumet tout âge à ses lois,
Et l'homme ne fut jamais
A l'abri d'un seul de ses traits ;
Comme sur son retour,
La vieillesse
Dans son plus beau jour,
La jeunesse,
L'enfance au berceau,
Trouvent tour-à-tour leur tombeau.

O combien malheureux
Est l'homme présomptueux,

Qui dans ce monde trompeur
Croit pouvoir trouver son bonheur.
  Dieu seul est immortel,
      Immuable,
  Seul grand, éternel,
    Seul aimable;
  Avec son secours
Soyons à lui pour toujours.

No 9.

Travaillez à votre salut :
Quand on le veut, il est facile;
Chrétiens, n'ayez point d'autre but;
Sans lui, tout devient inutile.   *bis.*
Sans le salut (*bis*), pensez-y bien,
Tout ne vous servira de rien.   *bis.*

Oh! que l'on perd en le perdant!
On perd le céleste héritage!
Au lieu d'un bonheur si charmant,
On a l'enfer pour son partage.   *bis.*
    Sans le salut, etc.

Que sert de gagner l'univers,
Dit Jésus, si l'on perd son âme;
Et s'il faut au fond des enfers
Brûler dans l'éternelle flamme?   *bis.*
    Sans le salut, etc.

Rien n'est digne d'empressement,
Si ce n'est la vie éternelle;

5

Tout le reste est amusement,
Tout n'est que pure bagatelle. *bis.*
　　Sans le salut, etc.

C'est pour toute une éternité
Qu'on est heureux ou misérable !
Que devant cette vérité
Tout ce qui passe est misérable ! *bis.*
　　Sans le salut, etc.

Grand Dieu ! que tant que nous vivrons
Cette vérité nous pénètre !
Ah ! faites que nous nous sauvions
A quelque prix que ce puisse être. *bis.*
　　Sans le salut, etc.

N° 10.

Nous n'avons à faire
Que notre salut ; *bis.*
C'est là notre but,
C'est là notre unique affaire,
Nous serons heureux
En cherchant les cieux. *bis.*

Perte universelle !
Perdre son Sauveur, *bis.*
Perdre son bonheur,
Perdre la vie éternelle !
Afin d'être heureux
Nous cherchons les cieux. *bis.*

Prends pour toi la terre,

Avare indigent :   *bis*
Pour l'or et l'argent
Entreprends procès et guerre.
Pour nous plus heureux,
Nous cherchons les cieux.   *bis.*

Recherche âme immonde,
Selon tes désirs,   *bis.*
Les biens, les plaisirs
Et les honneurs de ce monde ;
Pour nous plus heureux,
Nous cherchons les cieux.   *bis.*

Poursuis la fumée
D'un bien passager ;   *bis.*
Gagne un monde entier,
Quel gain si l'âme est damnée !
Pour nous plus heureux,
Nous cherchons les cieux.   *bis.*

Nous cherchons la grâce,
Le reste n'est rien ;   *bis.*
Ce n'est pas un bien,
Dès lors qu'il trompe et qu'il passe.
Afin d'être heureux,
Nous cherchons les cieux.   *bis.*

Point d'autre excellence
Que l'humilité ;   *bis.*
Notre pauvreté
Fait toute notre abondance ;
L'objet de nos vœux,
C'est d'aller aux cieux.   *bis.*

Notre savoir faire
Est tout dans la Croix :   *bis.*
Si nous sommes rois,
Ce n'est que sur le Calvaire.
L'objet de nos vœux,
C'est d'aller aux cieux.   *bis.*

Nous cherchons la vie,
La gloire et la paix   *bis.*
Qui dure à jamais ;
En avez-vous quelqu'envie ?
Venez, suivez-nous,
Et nous l'aurons tous.   *bis.*

Allons, par Marie,
Allons à Jésus.   *bis.*
Qu'avons-nous de plus ?
C'est là la gloire et la vie ;
Venez, suivez-nous,
Et nous l'aurons tous.   *bis.*

N° 11.

Hélas !
Quelle douleur
Remplit mon cœur,
Fait couler mes larmes !
Hélas !
Quelle douleur
Remplit mon cœur
De crainte et d'horreur !
Autrefois,

Seigneur, sans alarmes
De tes lois
Je goûtais les charmes.
Hélas !
Vœux superflus,
Beaux jours perdus,
Vous ne serez plus.

La mort
Déjà me suit :
O triste nuit !
Déjà je succombe !
La mort
Déjà me suit
Le monde fuit,
Tout s'évanouit.
Je la vois
Entr'ouvrant ma tombe,
Et sa voix
M'appelle, et j'y tombe,
O mort !
Cruelle mort !
Si jeune encor !
Quel funeste sort !

Frémis
Ingrat pécheur,
Un Dieu vengeur
D'un regard sevère,
Frémis,
Ingrat pécheur,
Un Dieu vengeur

Va sonder ton cœur.
Malheureux,
Entends son tonnerre ;
Si tu peux,
Soutiens sa colère ;
Frémis,
Seul aujourd'hui,
Sans nul appui,
Parais devant lui.

Grand Dieu !
Quel jour affreux
Luit à mes yeux,
Quel horrible abîme !
Grand Dieu !
Quel jour affreux
Luit à mes yeux,
Quels lugubres feux !
Oui, l'enfer
Vengeur de mon crime,
Est ouvert,
Attend sa victime.
Grand Dieu !
Quel avenir !
Pleurer, gémir,
Toujours te haïr !

Beau ciel !
Je t'ai perdu,
Je t'ai vendu
Par de vains caprices ;
Beau ciel !

Je t'ai perdu;
Je t'ai vendu
Regret superflu !
Loin de toi
Toutes les délices
Sont pour moi
De nouveaux supplices.
Beau ciel !
Toi que j'aimais!...
Qui me charmais,
Ne te voir jamais.

O vous,
Enfants pieux,
Toujours joyeux,
Et pleins d'espérance;
O vous,
Enfants pieux,
Toujours joyeux,
Moi seul malheureux!
J'ai voulu
Sortir de l'enfance,
J'ai perdu
L'aimable innocence.
O vous,
Du ciel un jour
Heureuse cour!
Adieu sans retour.

Non, non,
C'est une erreur,
Dans mon malheur,

Hélas, je m'oublie.
Non, non,
C'est une erreur,
Dans mon malheur,
Je trouve un Sauveur.
Il m'entend,
Me reconcilie;
Dans son sang
Je reprends la vie.
Non, non,
Je l'aime encor,
Et le remords
A changé mon sort.

Jésus,
Manne des cieux,
Pain des heureux,
Mon cœur te réclame
Jésus,
Manne des cieux,
Pain des heureux,
Viens combler mes vœux.
Désormais
Ta divine flamme
Pour jamais
Embrase mon âme.
Jésus,
O mon Sauveur!
Fais de mon cœur
L'éternel bonheur.

No 12.

Seigneur, Dieu de clémence,
Reçois ce grand pécheur,
A qui la pénitence
Touche aujourd'hui le cœur :
Vois d'un œil secourable
L'excès de son malheur,
Et d'un œil favorable
Accepte sa douleur.

Je suis un infidèle
Qui méconnus tes lois,
Un perfide, un rebelle,
Qui péchai mille fois :
Jamais dans l'innocence
Je n'ai coulé mes jours :
Toujours plus d'une offense
En a terni le cours.

Chargé de mille crimes,
Souvent j'ai mérité
D'entrer dans les abîmes
Pour une éternité :
J'ai peu craint la colère
De ton bras irrité,
Mais cependant j'espère,
Seigneur, en ta bonté.

Lorsqu'à ton indulgence
Un coupable a recours,
Des traits de ta vengeance

Ton cœur suspend le cours.
Rempli de confiance,
J'ose venir à toi :
Au nom de ta clémence,
Grand Dieu, pardonne-moi.

Hélas ! quand je rappelle
Combien je fus pécheur,
Une douleur mortelle
S'empare de mon cœur.
Par quel malheur extrême
Ai-je offensé souvent
Un Dieu la bonté même,
Un Dieu si bienfaisant ?

Fuis loin, péché funeste,
Dont je fus trop charmé ;
Péché, je te déteste
Autant que je t'aimai.
O Dieu bon ! ô bon père !
Tu vois mon repentir :
Avant de te déplaire,
Plutôt, plutôt mourir !

C'est fait, je le déteste ;
Plus de péché pour moi :
Le ciel, que j'en atteste,
Garantira ma foi.
Le Dieu qui pardonne
Aura tout mon amour ;
A lui seul je le donne
Sans borne et sans retour.

N° 13.

Au sang qu'un Dieu va répandre
Ah! mêlez du moins vos pleurs,
Chrétiens, qui venez entendre
Le récit de ses douleurs.
Puisque c'est pour vos offenses
Que ce Dieu souffre aujourd'hui,
Animés par ses souffrances,
Vivez et mourrez pour lui.

Dans un jardin solitaire
Il sent de rudes combats;
Il prie, il craint, il espère;
Son cœur veut et ne veut pas;
Tantôt la crainte est plus forte;
Et tantôt l'amour plus fort;
Mais enfin l'amour l'emporte
Et lui fait choisir la mort.

Judas, que la fureur guide,
L'aborde d'un air soumis;
Il l'embrasse, et ce perfide
Le livre à ses ennemis.
Judas, un pécheur t'imite,
Quand il feint de l'apaiser,
Souvent sa bouche hypocrite
Le trahit par un baiser.

On l'abandonne à la rage
De cent tigres inhumains,
Sur son aimable visage

Les soldats portent leurs mains.
Accourez, anges fidèles,
Témoins de ces attentats;
On le mettre sous vos ailes,
On frapper tous ces ingrats.

Ils le traînent au grand prêtre,
Qui seconde leur fureur,
Et ne veut le reconnaître
Que pour un blasphémateur.
Quand il jugera la terre,
Le Sauveur aura son tour;
Aux éclats de son tonnerre
Tu le connaîtras un jour.

Tandis qu'il se sacrifie,
Tout conspire à l'outrager;
Pierre lui-même l'oublie
Et le traite d'étranger.
Mais Jésus perce son âme
D'un regard tendre et vainqueur,
Et met d'un seul trait de flamme
Le repentir dans son cœur.

Chez Pilate on le compare
Au dernier des scélérats.
Qu'entends-je, ô peuple barbare,
Tes cris sont pour Barrabas.
Quelle indigne préférence!
Le juste est abandonné;
On condamne l'innocence,
Et le crime est pardonné.

On le dépouille, on l'attache ;
Chacun arme son courroux ;
Je vois cet agneau sans tache
Tombant presque sous les coups.
C'est à nous d'être victimes ;
Arrêtez, cruels bourreaux,
C'est pour effacer vos crimes
Que son sang coule à grands flots.

Une couronne cruelle
Perce son auguste front ;
A ce chef, à ce modèle,
Mondains, vous faites affront.
Il languit dans les supplices,
C'est un homme de douleur,
Vous vivez dans les délices,
Vous vous couronnez de fleurs.

Il marche, il monte au Calvaire
Chargé d'un infâme bois ;
De là comme d'une chaire,
Il fait entendre sa voix :
Ciel dérobe à ta vengeance
Ceux qui m'osent outrager.
C'est ainsi quand on l'offense,
Qu'un chrétien doit se venger.

Une troupe mutinée
L'insulte et crie à l'envi :
Qu'il change sa destinée,
Et nous croirons tous en lui.
Il peut la changer sans peine,
Malgré vos nœuds et vos clous :

Mais le nœud qui seul l'enchaîne,
C'est l'amour qu'il a pour nous.

Ah ! de ce lit de souffrance,
Seigneur, ne descendez pas,
Suspendez votre puissance,
Restez-y jusqu'au trépas ;
Mais tenez votre promesse,
Attirez-nous près de vous ;
Pour prix de votre tendresse,
Puissions-nous y mourir tous.

Il expire, et la nature
Dans lui pleure son auteur ;
Il n'est point de créature
Qui ne marque sa douleur.
Un spectacle si terrible
Ne pourra-t-il me toucher,
Et serais-je moins sensible
Que n'est le plus dur rocher ?

N° 14.

Bravons les enfers,
Brisons tous nos fers,
Sortons de l'esclavage ;
Unissons nos voix,
Rendons à la croix
Un sincère et public hommage.

Jurons haine au respect humain,
Brisons cette idole fragile !

Sur ses débris que notre main
Elève un trône à l'Evangile.
    Bravons, etc.

Chrétiens, d'une vaine terreur
Serons-nous toujours la victime !
Qu'il soit banni de notre cœur
Le cruel tyran qui l'opprime.
    Bravons, etc.

Sous le joug d'un monde censeur
Nous gémissons dès notre enfance;
Recouvrons, vengeons notre honneur;
Proclamons notre indépendance.
    Bravons, etc.

Partout flottent les étendards
Qu'arbore à nos yeux la licence;
Faisons briller à ses regards
La bannière de l'innocence.
    Bravons, etc.

Tout chrétien doit être un soldat
Rempli d'ardeur, né pour la gloire;
Quand son chef le mène au combat,
Tremblant, il fuirait la victoire !
    Bravons, etc.

Tandis que sur le champ d'honneur
La valeur signale les braves,
On me verrait, lâche et sans cœur,
Traînant les chaînes des esclaves !
    Bravons, etc.

Quoi ! vous rougissez, vils mortels,
Honteux d'être vus dans un temple,
Adorant, aux pieds des autels,
Le grand Dieu que le ciel contemple !
    Bravons, etc.

D'hommes contre vous impuissants
Vous redoutez les vains murmures !
Que feriez-vous, si des tyrans
Il fallait subir les tortures ?
    Bravons, etc.

Ne profanez pas ce saint lieu,
Allez, chrétiens pusillanimes ;
Qui tremble trahira son Dieu,
La faiblesse est mère des crimes.
    Bravons, etc.

Seigneur, ton camp sera le mien.
Tant qu'il coulera dans mes veines
Une goutte du sang chrétien,
Monde, tes menaces sont vaines.
    Bravons, etc.

Divin roi, jusqu'à mon trépas
Mon cœur te restera fidèle ;
Puisse la croix guidant mes pas
Me voir tomber, mourir près d'elle.
    Bravons, etc.

Chrétiens, le signal est donné,
Hâtons-nous, courons à la gloire ;
L'heure du triomphe a sonné ;

Le ciel nous promet la victoire.
Bravons, etc.

No 15.

Quand l'eau sainte du baptême
Coula sur vos fronts naissants,
Et qu'un Dieu, la bonté même,
Vous adopta pour enfants ;
    Muets encore,
D'autres promirent pour vous ;
Aujourd'hui, confessez tous
La foi dont un chrétien s'honore.

TOUS LES ENFANTS.

    Foi de nos pères,
Notre règle et notre amour,
Nous embrassons dans ce jour
Et ta morale et tes mystères.

En vain à ma foi soumise
S'oppose un orgueil trompeur ;
Sur les traces de l'église
Puis-je marcher dans l'erreur ?
    Trinité sainte,
Je te confesse et je crois,
Et je t'adore trois fois
Et plein d'amour et plein de crainte.
    Foi de nos pères, etc.

Annoncé par mille oracles,
Et de la terre l'espoir,

L'Homme-Dieu, par ses miracles,
Fait éclater son pouvoir.
  Victime pure,
Il triomphe du trépas ;
Et je n'adorerais pas
En lui l'auteur de la nature !.....
  Foi de nos pères, etc.

Que sa morale est divine !
Que sa parole a d'attrait !
Tous les cœurs qu'il illumine,
Il les console en secret.
  Et l'on blasphème
Ce Dieu fait homme pour nous.....
Ingrats, tombez à genoux,
Voyez s'il mérite qu'on l'aime.
  Foi de nos pères, etc.

Par un funeste héritage
Nos parents avec le jour,
Nous transmirent en partage
La haine d'un Dieu d'amour.
  J'implore et crie,
Dieu reste sourd à mes pleurs.
Mais Jésus a dit : Je meurs,
Et sa mort me rend à la vie.
  Foi de nos pères, etc.

Ciel ! quelle robe éclatante !
Quel bain pur et bienfaisant !
Quelle parole puissante
De Dieu m'a rendu l'enfant ?
  Je te baptise,

Le ciel s'ouvre, plus d'enfer,
Et des anges le concert
M'introduit au sein de l'église.
　　Foi de nos pères, etc.

De quel œil de complaisance
Vous me vîtes, ô mon Dieu !
Quand revêtu d'innocence,
On m'emporta du saint lieu.
　　Pensée amère,
O beau jour trop tôt passé,
Hélas ! je me suis lassé,
Mon Dieu de vous avoir pour père.
　　Foi de nos pères, etc.

J'ai blessé votre tendresse,
Violé vos saintes lois :
Vous me rappeliez sans cesse,
Je repoussais votre voix.
　　Du moins mes larmes
Obtiendront-elles pardon ;
Seigneur, de votre maison
Je puis encor goûter les charmes.
　　Foi de nos pères, etc.

Loin de moi, monde profane !
Fuis, ô plaisir séduisant !
L'évangile te condamne ;
Tu blesses en caressant.
　　Sous votre empire,
Mon Dieu, sont tous les trésors :
Vos douceurs sont sans remords ;

C'est pour elles que je soupire.
    Foi de nos pères, etc.

Loin de ces tentes coupables
Où s'agite le pécheur,
Sous vos pavillons aimables
J'irai jouir du bonheur.
    Avant l'aurore
Mon cœur vous appellera,
Et quand le jour finira,
Mes chants vous béniront encore.
    Foi de nos pères, etc.

N° 16.

Par les chants les plus magnifiques,
Sion, célèbre ton Sauveur;
Exalte dans tes saints cantiques
Ton Dieu, ton chef et ton pasteur.
Redouble aujourd'hui, pour lui plaire,
Tes transports, tes soins empressés;
Jamais tu n'en pourras trop faire, } bis.
Tu n'en feras jamais assez.

Ouvre ton cœur à l'allégresse,
A tout le feu de tes transports,
Lorsque son immense largesse
T'ouvre elle-même ses trésors.
Près de consommer son ouvrage
Il consacre son dernier jour
A te laisser ce tendre gage } bis.
Qui mit le comble à son amour.

Offert sur la table mystique,
L'agneau de la nouvelle loi
Termine enfin la pâque antique
Qui figuráit le nouveau roi.
La vérité succède à l'ombre,
La loi de crainte se détruit;
La clarté chasse la nuit sombre,   } bis.
Et la loi de grâce nous luit.

Jésus, de son amour extrême,
Veut éterniser le bienfait ;
Ce que d'abord il fit lui-même
Le prêtre à son ordre le fait ;
Il change, ô prodige admirable !
Qui n'est aperçu que des cieux,
Le pain en son corps adorable   } bis.
Le vin en son sang précieux.

L'œil se méprend, l'esprit chancelle ;
Il cherche d'un Dieu la splendeur ;
Mais toujours ferme, un vrai fidèle
Sans hésiter voit son Seigneur ;
Son sang pour nous est un breuvage,
Sa chair devient notre aliment ;
Les espèces sont le nuage   } bis.
Qui nous le couvre au sacrement.

On voit le juste et le coupable
S'approcher du banquet divin,
Se ranger à la même table,
Prendre place au même festin.
Chacun reçoit la même hostie,
Mais qu'ils diffèrent dans leur sort !

Le juste tremble et boit la vie,
L'impie affronte et boit la mort. } bis

Ce fils, sous la main paternelle,
Près de se voir percer le flanc ;
Cette victime solennelle,
Dont l'Hébreu vit couler le sang ;
La manne, au goût délicieuse,
Qui tous les jours tombait des cieux,
Sont la figure précieuse
Du prodige offert à nos yeux. } bis.

Je te salue, ô pain de l'ange !
Aujourd'hui pain du voyageur ;
Toi que j'adore et que je mange,
Ah ! viens dissiper ma langueur.
Loin de toi l'impur, le profane,
Pain réservé pour les enfants,
Mets des élus, céleste manne,
Objet seul digne de nos chants ! } bis.

Au secours de notre misère
Jésus se livre entièrement ;
Dans la crèche il est notre frère,
Et sur l'autel notre aliment.
Quand il mourut sur le Calvaire,
Il fut la rançon du pécheur ;
Triomphant dans son sanctuaire,
Il est du juste le bonheur. } bis.

Honneur, amour, louange et gloire
Te soient rendus, ô bon pasteur !
Vis à jamais dans ma mémoire,

Sois toujours gravé dans mon cœur.
O pain des forts, par ta puissance,
Soulage mon infirmité ;
Fais qu'engraissé de ta substance } *bis.*
Je règne dans l'éternité.

N° 17.

Qu'ils sont aimés, grand Dieu, tes tabernacles !
Qu'ils sont aimés et chéris de mon cœur !
Là, tu te plais à rendre tes oracles,
La foi triomphe, et l'amour est vainqueur.

Qu'il est heureux celui qui te contemple,
Et qui soupire au pied de tes autels !
Un seul moment qu'on passe dans ton temple
Vaut mieux qu'un siècle au palais des mortels.

Je nage au sein des plus pures délices ;
Le ciel entier, le ciel est dans mon cœur :
Dieu de bonté, de faibles sacrifices
Méritaient-ils cet excès de bonheur ?

En les comblant par un charme suprême,
Un Dieu puissant irrite mes désirs ;
Il me consume et je sens que je l'aime ;
Et cependant je m'exale en soupirs.

Autour de moi les anges en silence
D'un Dieu caché contemplent la splendeur.
Anéantis en sa sainte présence,
O chérubins ! enviez mon bonheur.

Et je pourrais, à ce monde qui passe,
Donner un cœur par Dieu même habité !
Non, non, mon Dieu, je suis tout par la grâce;
Dieu, sauve-moi de ma fragilité !

En souverain, règne, commande, immole ;
Règne surtout par le droit de l'amour.
Adieu, plaisirs, adieu, monde frivole;
A Jésus seul j'appartiens sans retour.

N° 18.

Le monde en vain, par ses biens et ses charmes,
Veut m'engager à plier sous sa loi.
Mais pour me vaincre il faut bien d'autres armes :
Je ne crains rien, Jésus est avec moi. *bis.*

Venez, venez, fiers enfants de la terre ;
Déchaînez-vous pour me remplir d'effroi.
Quand de concert vous me feriez la guerre,
Je ne crains rien, Jésus est avec moi. *bis.*

Cruel Satan, arme-toi de ta rage :
Que les démons se liguent avec toi ;
Tu ne pourras abattre mon courage;
Je ne crains rien, Jésus est avec moi. *bis.*

Non, non, jamais la mort la plus cruelle
Ne me fera trahir ce divin roi;
Jusqu'au trépas je lui serai fidèle :
Je ne crains rien, Jésus est avec moi. *bis.*

Que les enfers, les airs, la terre et l'onde,

Conspirent tous à me remplir d'effroi ;
Quand je verrais sur moi crouler le monde,
Je ne crains rien, Jésus est avec moi. *bis.*

Divin Jésus, mon unique espérance,
Vous pouvez tout, oui, Seigneur, je le crois.
Augmentez donc pour vous ma confiance.
Je ne crains rien, Jésus est avec moi. *bis.*

N° 19.

Quelle nouvelle et sainte ardeur
En ce jour transporte mon âme ;
Je sens que l'esprit créateur
De son feu tout divin m'enflamme !
Vive Jésus ! je crois, je suis Chrétien ;
Censeurs, je vous méprise ;
Lancez, lancez vos traits, je ne crains rien ;
Mon bras vainqueur les brise.

Il faut dans un noble combat,
Pour vous, Seigneur, que je m'engage ;
Vous m'avez fait votre soldat,
Vous m'en donnerez le courage.
Vive Jésus ! etc.

Du salut le signe sacré
Arme mon front pour ma défense ;
Devant lui l'enfer conjuré
Perdra sa funeste puissance.
Vive Jésus ! etc.

Le mépris d'un monde insensé

4

Pourrait-il m'alarmer encore ?
Loin de m'en trouver offensé,
Je sens aujourd'hui qu'il m'honore.
Vive Jésus ! etc.

Dans sa fureur, l'impiété
Veut me ravir le Dieu que j'aime;
Je veux, fort de la vérité,
Lui dire toujours anathême.
Vive Jésus ! etc.

On a vu de faibles agneaux
Triompher de l'aveugle rage
Et des tyrans et des bourreaux ;
Faible comme eux, Dieu m'encourage.
Vive Jésus ! etc.

Enfant des généreux martyrs,
Puissé-je égaler leur constance,
Et trouver mes plus doux plaisirs
Au sein même de la souffrance.
Vive Jésus ! etc.

A la mort fallût-il s'offrir,
Ou perdre, hélas ! mon innocence,
Grand Dieu ! je consens à mourir,
Ne souffrez pas que je balance.
Vive Jésus ! etc.

Seigneur, à vos aimables lois
Le grand nombre serait rebelle,
Que mon cœur, constant dans son choix,
Y serait encore plus fidèle.
Vive Jésus ! etc.

Être à vous, c'est là notre honneur,
Divin conquérant de nos âmes!
Vous servir est notre bonheur,
O céleste objet de nos flammes!
Vive Jésus ! etc.

Chétiens! ranimons notre ardeur;
Contemplons la palme immortelle !
Le ciel la promet au vainqueur :
Combattons et mourons pour elle!
Vive Jésus ! etc.

Nº 20.

Vive Jésus ! vive sa croix !
N'est-il pas bien juste qu'on l'aime,
Puisqu'en expirant sur ce bois
Il nous aima plus que lui-même ?
Chrétiens, chantons à haute voix : ⎫
Vive Jésus ! vive sa croix ! ⎭ *bis.*

Vive Jésus ! vive sa croix !
Le Seigneur l'ayant épousée,
Elle n'est plus comme autrefois
Un objet d'horreur et de risée.
Chrétiens, etc.

Vive Jésus ! vive sa croix !
Arbre dont le fruit salutaire
Répare le mal qu'autrefois
Fit le péché du premier père.
Chrétiens, etc.

Vive Jésus ! vive sa croix !
C'est l'étendard de sa victoire ;
Par elle il nous donne ses lois,
Par elle il entre dans sa gloire.
Chrétiens, etc.

Vive Jésus ! vive sa croix !
De tous nos biens source féconde,
Qui dans le sang du roi des rois
A lavé les péchés du monde.
Chrétiens, etc.

Vive Jésus ! vive sa croix !
La chaire de son éloquence,
Où, me prêchant ce que je crois,
Il m'apprend tout par son silence.
Chrétiens, etc.

Vive Jésus ! vive sa croix !
Ce n'est pas le bois que j'adore,
Mais c'est mon Sauveur sur ce bois
Que je révère et j'implore.
Chrétiens, etc.

Vive Jésus ! vive sa croix !
Prenons-la pour notre partage ;
Ce juste, cet aimable choix
Conduit au céleste héritage.
Chrétiens, etc.

Nᵒ 21.

Jésus paraît en vainqueur ;

Sa bonté, sa douceur,
Est égale à sa grandeur :
Jésus paraît en vainqueur ;
Aujourd'hui donnons-lui notre cœur.
Malgré nos forfaits,
Ses divins bienfaits,
Ses charmants attraits,
Ne nous parlent que de paix.
Pleurons nos forfaits,
Chantons ses bienfaits,
Rendons-nous à ses charmants attraits.

Chrétiens, joignez vos concerts :
Jésus chargé de fers
La mort, fille des enfers,
Chrétiens, joignez vos concerts ;
Que son nom réjouisse les airs !
Juste ciel ! quel choix !
Quoi le roi des rois
A dû, sur la croix,
Au ciel acquérir des droits !
Embrassons la croix ;
Que ce libre choix
Au ciel assure à jamais nos droits.

Je vois la mort sans effroi :
Mon Seigneur et mon roi
En a triomphé pour moi.
Je vois la mort sans effroi ;
Ce mystère est à l'appui de ma foi.
Ah ! si tour à tour,
Lâche et sans amour,
Jusques à ce jour

Je n'ai payé nul retour;
Du moins, dès ce jour,
Ah! pour tant d'amour,
Je veux payer un juste retour.

Il va descendre des cieux;
Ce Sauveur glorieux
Va s'abaisser en ces lieux;
Que nos cœurs brûlent des plus doux feux!
Au jour des douleurs,
Pleins de nos malheurs,
Nous portions des cœurs
Qu'avaient amollis ses pleurs.
Ah! plus de douleurs;
A ses pieds vainqueurs,
A pleines mains répandons des fleurs.

No 22.

Vous qu'en ces lieux combla de ses bienfaits,
Une mère auguste et chérie,
Enfants de Dieu, que vos chants à jamais
Exaltent le nom de Marie.
Je vois monter tous les vœux des mortels
Vers le trône de sa clémence;
Tout à sa gloire élève des autels
Des mains de la reconnaissance.

TOUS.

Nous qu'en ces lieux combla de ses bienfaits
Une mère auguste et chérie,
Enfants de Dieu, que nos chants à jamais

Exaltent le nom de Marie.

Ici, sa voix puissante sur nos cœurs
   A la vertu nous encourage ;
Sur le saint joug elle répand des fleurs ;
   Notre innocence est son ouvrage.
Si le lion rugit autour de nous,
   Elle étend son bras tutélaire ;
L'enfer frémit d'un impuissant courroux,
   Et le ciel sourit à la terre.
Nous qu'en ces lieux, etc.

Quand le chagrin de ces traits acérés
   Blesse nos cœurs et les déchire ;
Sensible mère, elle est à nos côtés ;
   Avec nos cœurs le sien soupire.
Combien de fois ta prévoyante main
   De l'ennemi rompit la trame !
Nous la priions, et nous sentions soudain
   La paix descendre dans notre âme.
Nous qu'en ces lieux, etc.

Battu des flots, vain jouet du trépas,
   La foudre grondant sur sa tête,
Le nautonnier se jette dans ses bras,
   L'invoque et voit fuir la tempête ;
Tel le Chrétien sur ce monde orageux
   Vogue toujours près du naufrage ;
Mais à Marie adresse-t-il des vœux,
   Il aborde en paix au rivage.
Nous qu'en ces lieux, etc.

N° 23.

D'une mère chérie
Célébrons les grandeurs ;
Consacrons à Marie
Et nos voix et nos cœurs.
De concert avec l'ange
Quand il la salua,
Disons à sa louange
Un *Ave Maria*.

Modeste créature
Elle plut au Seigneur,
Et Vierge toujours pure
Enfanta le Sauveur.
De concert avec l'ange, etc.

Nous étions la conquête
Du tyran des enfers ;
En écrasant sa tête
Elle a brisé nos fers.
De concert avec l'ange, etc.

Que l'espoir se relève,
En nos cœurs abattus
Par cette nouvelle Eve,
Les cieux nous sont rendus.
De concert avec l'ange, etc.

O Marie, ô ma mère,
Prenez soin de mon sort ;
C'est en vous que j'espère

En la vie, en la mort !
De concert avec l'ange, etc.

Obtenez-nous la grâce
A notre dernier jour
De vous voir face à face
Au céleste séjour.
De concert avec l'ange, etc.

N° 24.

Goûtez, âmes ferventes,
Goûtez votre bonheur ;
Mais demeurez constantes
Dans votre sainte ardeur.
Heureux le cœur fidèle
Où règne la ferveur !
On possède avec elle
Tous les dons du Seigneur.   *bis.*

Elle est le vrai partage
Et le sceau des élus,
Elle est l'appui, le gage,
Et l'âme des vertus.
Heureux, etc.

Par elle la foi vive
S'allume dans les cœurs,
Et sa lumière active
Guide et règle nos mœurs.
Heureux, etc.

Par elle l'espérance

Ranime ses soupirs,
Et croit jouir d'avance
Des célestes plaisirs.
Heureux, etc.

Par elle dans les âmes
S'accroît de jour en jour
L'activité des flammes
Du pur et saint amour.
Heureux, etc.

C'est sa vertu puissante
Qui garantit nos sens
De l'amorce attrayante
Des plaisirs séduisants.
Heureux, etc.

C'est sous sa vigilance
Que l'esprit et le cœur
Conservent l'innocence
Et l'aimable pudeur.
Heureux, etc.

C'est elle qui de l'âme
Dévoile la grandeur,
Et le zèle s'enflamme
Par sa vive chaleur.
Heureux, etc.

De l'âme pénitente
Elle adoucit les pleurs,
Et de l'âme souffrante
Elle éteint les douleurs.
Heureux, etc.

Celui qui fut docile
A vivre sous ses lois
Courut d'un pas agile
La route de la croix.
Heureux, etc.

Par elle du martyre
Les sanglantes rigueurs,
Au cœur qui les désire
N'offrent que des douceurs
Heureux, etc.

Elle est, pour qui seconde
Ses généreux efforts,
Une source féconde
De célestes trésors.
Heureux, etc.

Une larme sincère,
Un seul soupir du cœur,
Par elle a de quoi plaire
Aux regards du Seigneur.
Heureux, etc.

Sous ses heureux auspices
On goûte les bienfaits,
Les charmes, les délices
De la plus douce paix.
Heureux, etc.

Mais sans sa vive flamme
Tout déplait, tout languit

Et la beauté de l'âme,
Se fane et dépérit.
Heureux, etc.

ORLÉANS. — IMPRIMERIE ALPHONSE GATINEAU

www.ingramcontent.com/pod-product-compliance
Lightning Source LLC
Chambersburg PA
CBHW070819260626
47161CB00006B/2342